ADIEUX

DE

M. L'ABBÉ ROGER,

CURÉ DE VELARS,

A SES PAROISSIENS

LE 8 SEPTEMBRE 1861.

DIJON.

BERNAUDAT, IMPRIMEUR DE L'ÉVÊCHÉ.

1862

ADIEUX

DE

M. L'ABBÉ ROGER,

CURÉ DE VELARS,

A SES PAROISSIENS

le 8 Septembre 1861.

MES FRÈRES,

Je vous quitterai probablement dans le courant de cette semaine (1). Et, quoique je vous aie déjà parlé plusieurs fois de mon départ, plus le moment de cette séparation approche, plus je sens qu'il me sera pénible. Je vous remercie des témoignages d'affection

(1) Son départ n'eut lieu que le 18 septembre.

et de confiance que vous m'avez donnés tout le temps
que j'ai passé dans cette paroisse, mais surtout de-
puis que mon départ vous a été connu. Ma vie se di-
vise en trois parties égales : treize ans dans la maison
paternelle, treize ans dans les séminaires, et treize ans
parmi vous. Mais, quelles qu'aient été les douceurs
que j'ai goûtées dans la maison paternelle, quelle
que soit la tranquillité de la vie des séminaires, je
puis vous dire aujourd'hui que les plus beaux jours
de ma vie sont ceux que j'ai passés parmi vous. O
paroisse de Velars, sanctuaire de Notre-Dame-d'E-
tang, Velars que j'ai connu dès mon enfance (1), Velars, ma première paroisse, tu seras toujours l'objet
de mes pensées et de mes affections (2). Oui, chaque
jour, au saint autel, je me souviendrai de mes pre-
miers paroissiens, et je prierai toujours pour vous.

J'ai fait parmi vous tout le bien que j'ai pu ; je me
suis spécialement appliqué à vous donner une in-
struction substantielle et solide, véritable richesse
du chrétien (3) : ma récompense sera d'apprendre
que vous suivez la voie que je vous ai enseignée et

(1) Bon souvenir de son pèlerinage à N.-D.-d'Etang le
2 juillet 1834, quelques semaines après sa première communion, et de ses promenades de séminariste.

(2) In cordibus nostris estis ad commoriendum et ad
convivendum. (II Cor. 7, 3.)

(3) Divites facti estis in omni verbo et in omni scientia.
(I Cor. 1, 5.)

dans laquelle va continuer à vous conduire un nou-
veau pasteur qui vous arrive avec une grande réputa-
tion de piété, et dont vous apprécierez bientôt le dé-
vouement. Peut-être ai-je parfois laissé échapper
quelque reproche, quelque parole amère : comme je
pardonne de bon cœur à ceux qui m'ont fait de la
peine, je prie aussi ceux que je puis avoir contristés
de me pardonner; je compte sur leur indulgence
d'autant plus sûrement, que ma conscience me rend
ce témoignage, que je l'ai fait uniquement pour rem-
plir les devoirs de mon ministère (1), et que j'ai toujours agi également avec justice à l'égard des pauvres
comme des riches, des petits comme des grands (2):
c'est là aujourd'hui, et ce sera toujours, en pensant à
vous, une de mes plus douces satisfactions.

Je rendrai aux personnes qui me les ont donnés
les honoraires des messes que je ne pourrai pas ac-
quitter ici; quant à celles qui me sont redevables de
quelque chose, si elles ne peuvent pas me le donner
maintenant, elles le mettront dans le tronc de l'é-
glise.

Adieu donc, Mes Frères; puissé-je, quand j'enten-
drai parler de vous, n'apprendre que de bonnes nouvelles! Ayez toujours un grand respect pour la reli-
gion; car elle seule est capable de maintenir parmi

(1) Insta...... argue, obsecra, increpa in omni patientia
et doctrina. (ɪɪ Tim. 4. 2.)

(2) Omnes vos unum estis in Christo Jesu. (Gal. 4, 28.)

vous la paix et l'union ; seule aussi elle pourra nous réunir éternellement dans le sein de Dieu. Ayez toujours une dévotion véritable et solide à la sainte Vierge, dont vous avez le bonheur de posséder l'Image miraculeuse; que la piété soit l'âme de toutes ses fêtes.

Recevez aussi mes adieux, Vierge sainte (1); je vais cesser d'être le ministre de ce sanctuaire privi-légié, pour n'être plus qu'un simple pèlerin. Mais, ce qui me console, c'est que vous regardez moins au titre qu'aux sentiments ; à la vie, à la mort, vous serez mon espérance et mon refuge; et j'ai la douce con-fiance que vous n'oublierez pas celui qui, en rétablis-sant la pieuse association de Notre-Dame-d'Etang, a inscrit le premier son nom dans la liste de vos plus dévoués serviteurs.

J'ai l'intention, Mes Frères, je fais même la pro-messe de donner à la nouvelle église, quand elle sera terminée, un chemin de Croix, tant pour lui procu-rer un pieux ornement, que pour déposer au milieu de vous un trésor spirituel, où vous trouverez de puissants secours de salut, et, comme je vous l'ai souvent expliqué, de nombreuses indulgences (2).

(1) Cette allocution fut prononcée devant l'Image mi-raculeuse exposée ce jour-là selon l'usage à la vénération des fidèles.

(2) Les indulgences que l'on gagne en faisant le chemin

Adieu encore une fois, Mes très-chers Frères; tout ce que je vous demande en partant, c'est de donner encore quelquefois devant Dieu, dans le secret de la prière, un souvenir au pasteur qui vous a mariés, admis à la première communion, baptisés, dirigés, qui enfin a été chargé de vos âmes un temps qui compte déjà dans la vie. De mon côté, je tiendrai fidèlement la promesse que je vous ai faite de prier pour vous; je serai toujours heureux de recevoir de vos nouvelles; et quand je vous rencontrerai, ce sera un plaisir pour moi de vous revoir.

Et si je devais un jour abandonner le soin des autres pour ne plus penser qu'à moi-même, mon désir serait de venir passer parmi vous, aux pieds de Notre-Dame-d'Etang, les dernières années de ma vie, en attendant que mon corps aille reposer avec ceux de vos pères, et plus tard avec les vôtres, à l'ombre de la même croix, dans cette terre bénite par nos prières communes (1).

En vous quittant, je vous souhaite à tous santé et prospérité; je vous souhaite la grâce de Dieu et ses bénédictions les plus abondantes. Que ce Dieu d'espérance, auteur et source de tous les biens de la terre

de la Croix sont celles mêmes qui ont été accordées par plusieurs souverains Pontifes aux fidèles qui visitent en personne les lieux consacrés par les souffrances et la mort de J. C.

(1) Le cimetière de Velars a été bénit le 2 novembre 1850.

et du ciel (1), vous assiste dans vos travaux, qu'il vous protége dans toutes vos entreprises, qu'il vous délivre de tout danger, qu'il vous préserve de tout péché, et qu'après le pèlerinage de cette vie, il nous réunisse tous dans le séjour de l'immortalité, du bonheur et de la gloire. — Je vais vous bénir une dernière fois : mettez vous à genoux.

La dernière bénédiction d'un père à sa famille est toujours la plus féconde, et vous vous plaisez, Seigneur, à exaucer ses derniers vœux : répandez donc abondamment votre grâce sur tous les habitants de cette paroisse; proportionnez-la à leurs besoins et à mes désirs, et que votre bénédiction demeure à jamais sur eux. *Benedictio Dei omnipotentis, Pa-† tris, et Fi † lii, et Spiritus † sancti, descendat super vos et maneat semper. Amen.*

(1) Omne datum optimum et omne donum perfectum, desursum est descendens à Patre luminum, (Jac. 1, 17.)

Dijon. Bernaudat, impr. de l'Evêché.

PREMIÈRES COMMUNIONS

FAITES A VELARS

sous **M.** l'abbé **ROGER**, curé de cette paroisse.

Unus panis, unum corpus multi sumus, omnes qui
de uno pane participamus (1).

Nous sommes tous un même pain et un même corps,
nous tous qui participons à un même pain.

(1 Cor. 10, 17.)

---

17 *Mars* 1850.

Dimanche de la Passion.

{ Jean-Baptiste Ragonneau.
{ Louis Ferriot.

{ François Girardot.
{ Alexandre Foulet.

{ Théodore Guilleminot.
{ Jean-Baptiste Brulé.

{ Bernard Garandet.
{ François Naigeon.

{ Jeanne Naigeon.
{ Julie Tripard.

{ Françoise Martenot.
{ Mélie Perrot.

{ Anne Ploncard.
{ Anne Seguin.

---

(1) Hoc ipso cum Christo Domino et inter nos societatem sanctæ
religionis habemus atque fovemus, ideoque unum inter nos et
cum illo tanquam capite mysticum corpus efficimur. (Joan. à
Gorc. Comment.)

{ Elisabeth Décollogne.
  Marie Cluny.

Clarisse Garandet.

---

27 *Avril* 1851.
Dimanche de Quasimodo.

{ François Masson.
  Auguste Chary.

{ François Garandet.
  Alexandre Deniol.

{ Julien Allerot.
  Jacques Hell.

{ Claude Genty.
  Alexis Guilleminot.

{ Jean Cavard.
  Jean-Baptiste Cauvard.

{ Auguste Naudin.
  Charles Chary.

{ Catherine Buisson.
  Octavie Ploncard.

{ Anne Bizard.
  Joséphine Ferriot.

{ Marguerite Clerget.
  Françoise Buisson.

{ Marie Gareau.
  Catherine-Eugénie Cavard.

{ Anne-Céline Martenot.
  Françoise Decerne.

{ Augustine Rondot.
  Delphine Marquant.

---

13 *Juin* 1852.
Fête-Dieu.

Catherine Chary.

28 *Novembre* 1852.

I Dimanche de l'Avent.

{ Denis Naudin.
{ Jean-Baptiste-Auguste Lanier.

{ Vincent Plivard.
{ Vincent Martenot.

{ Pierre Marillier.
{ Paul Taprin.

{ Léon Richard.
{ Joseph Girardot.

{ Claude-François Ferriot.
{ Pierre Gallois.

{ Claude Dupuis.
{ François Foulet.

{ Victor-Antoine Blaise.
{ Jean-Joseph-Constant Tripard.

{ Pierre-François-Nestor Ferriot.
{ Claude Fagothey.
{ Claude Gareau.

{ Anne Foulet.
{ Jeanne-Alix Maurice.

{ Marie Martenot.
{ Anne-Marie Doyen.

{ Jeanne Rondot.
{ Anne Gareau.

{ Claudine Guillerme.
{ Marie-Joséphine Cauvard.

{ Marguerite-Esther Richard.
{ Zélie-Hortense Richard.

{ Marie-Emélie Démonet.
{ Marie-Joséphine Démonet.

{ Marguerite Bizouard.
{ Françoise Girardot.

Marie-Marthe-Isabelle Demard.
Louise-Reine-Joséphine Demard.

Elisabeth-Joséphine-Léonie Martenot.
Marie Décollogne.

Marguerite Vincent.
Jeanne-Eugénie Décerne.

---

13 *Avril* 1854.
Jeudi saint.

François-Eugène Foulet.

Julienne Marie Petitjean.
Anne Parent.

Antoinette-Françoise-Elisa Baffet.
Marie-Victorine Naigeon.

---

27 *Mai* 1855.
Pentecôte.

François Vallée.
Claude Garandet.

Louis Gallois.
Antoine Faivre.
Jean-Baptiste-Alfred Falastre.

Henriette Clerget.
Pierrette Martenot.

Judith-Anastasie-Françoise Delorme.
Pierrette-Célina Court.

Anne Noël.
Bernarde-Anne Pétot.

Anne Décollogne.
Jeanne Fagothey.

Catherine Chapuis.
Marie Girardot.
Jeanne Garandet.

12 *Janvier* 1856.

Nicolas Maillot.

---

9 *Mars* 1856.

Dimanche de la Passion.

{ Claude-Auguste Naudin.
{ Lazare-Léonard Dubreuil.

{ Auguste-Joseph Dalmasse.
{ François-Jules Javelier.

{ Marie Décerne.
{ Marguerite Louise Himatte.

---

21 *Juin* 1857.

Fête du Sacré Cœur de Jésus.

{ Jean-Baptiste Noël.
{ Denis Layer.

{ François Buisson.
{ Claude-Emile Mativet.

{ Paul Ferriot.
{ Joseph-Aristide Leclerc.

{ Jean Derepas.
{ Archange Vitu.

{ Anne-Louise Naigeon.
{ Anne Cayé.

{ Catherine-Ernestine Capedevielle.
{ Catherine-Olympe Capedevielle.

{ Julie-Catherine Contour.
{ Marie Cheminet.

{ Jeanne-Alix Patin.
{ Catherine Derepas.

{ Anne-Marie Arbeaumont.
{ Jeanne-Françoise Girardot.

{ Euphrasie-Emélie Balizet.
{ Nicole-Joséphine Boudet.

{ Eugénie Joly.
{ Antoinette-Émélie Court.

{ Joséphine-Lucine Retrouvé.
{ Marie-Joséphine Himatte.

{ Hortense Ragonneau.
{ Marie Naigeon.

---

28 *Mars* 1858.

Dimanche des Rameaux.

{ Auguste Vallée.
{ Louis-Léonard Dubreuil.
{ Auguste-Etienne Dubreuil.

{ Bernard-Célestin Ménetrier.
{ Joseph-Alexandre Martin.

{ Auguste Gareau.
{ Auguste Seguin.

{ Marie Bataillard.
{ Marie-Françoise Bizard.

{ Anne Clerget.
{ Catherine-Julie Martenot.

{ Marie-Philippine Naigeon.
{ Marie Ploncard.

---

8 *Septembre* 1858.

Nativité.

(A la chapelle de N.-D.-d'Etang.)

{ Jacques-Alexandre Garnichey.
{ Auguste Verbe.
{ Florian Sonnet.

{ François Fagothey.
{ Louis Capedevielle.

{ Anne-Joséphine Thomas.
{ Anne Ragonneau.
{ Léonie Renaut.

3 *Juillet* 1859.

Fête du Sacré Cœur de Jésus.

{ Vincent-Auguste Chauvenet.
{ Pierre Buisson.

{ Pierre-Stanislas Maréchal.
{ Xavier-Florentin Quinternet.

{ Jules-Léon Ferriot.
{ Gabriel-Eugène Létondor.

{ Augustine-Armande Guiller.
{ Anne Serrebourse.

{ Anne-Marguerite Brossard.
{ Marguerite-Melina Foulet.

{ Anne Naudin.
{ Catherine Dangeville.

{ Catherine Gallois.
{ Marie Roux.

{ Laure-Eugénie Cayé.
{ Colette-Augustine Décollogne.

1ᵉʳ *Juillet* 1860.

Saint Pierre.

{ Jean-Baptiste Gevrey.
{ Jean-Baptiste-Léon Blaise.

{ François Desol.
{ Médard-Adolphe Bel.

{ Louis-Claude-François Roussel.
{ Claude Roddes.
{ Jean-Baptiste-Stéphane Logery.

{ Anne Naigeon.
{ Victoire Garandet.

{ Héloïse David.
{ Anne-Marie Layer.

{ Marie-Marguerite Pingon.
{ Marie-Adélaïde Roy.
{ Madeleine-Adèle Derepas.

---

15 *Août* 1860.
Assomption.

Charles-Henri Garandet.

---

7 *Avril* 1861.
Dimanche de Quasimodo.

{ Jacques-Auguste Doyen.
{ Adolphe-François Martenot.

{ Emile-Gustave Filière.
{ Ferdinand-Joseph Hébert.

{ Anne-Marie Fauconney.
{ Marie Hutinel.

{ Joséphine Huguenin.
{ Augustine-Emélie Carré.
{ Catherine-Emélie Charles.

---

30 *Juin* 1861.
Saint Pierre.

{ Pierre Ragonneau.
{ Pierre-Auguste Ploncard.
{ Edme-Louis Allalinarde.

{ Eugénie-Léonore Ferriot.
{ Marguerite Patin.
{ Elisabeth-Eugénie Lamy

Que le corps de N. S. J. C. garde vos âmes pour la vie éternelle. Ainsi-soit-il.

Velars-sur-Ouche, le 9 Septembre 1861.

J. A. ROGER, curé.

Dijon. Impr. Bernardal.